AF290418

FSC
www.fsc.org
MIX
Papier aus ver-
antwortungsvollen
Quellen
Paper from
responsible sources
FSC® C105338

Christoph-Maria Liegener

Atithis Welt

Die letzte Hoffnung der Menschheit

© 2021 Christoph-Maria Liegener

Herstellung und Verlag:
BoD – Books on Demand, Norderstedt
Cover-Bild: Shutterstock

ISBN:
9783755716723

Das Werk, einschließlich seiner Teile, ist urheberrechtlich geschützt. Jede Verwertung ist ohne Zustimmung des Autors und des Verlages unzulässig. Dies gilt insbesondere für die elektronische oder sonstige Vervielfältigung, Übersetzung, Verbreitung und öffentliche Zugänglichmachung.

Inhalt

Vorwort

Dieser Roman schließt sich an meinen ersten Atithi-Roman[1] an. Beide Romane können jedoch unabhängig voneinander gelesen werden.

---

[1] Atithi. Die Botschaft der Alien-Frau. BoD – Books on Demand, Norderstedt (2021).

Der Flug

Es ist wie bei Asterix: Auch nach der vollständigen Vernichtung der Menschheit gab es noch ein kleines Häuflein unbeugsamer Menschen.

Was war passiert? Die Menschheit war von Außerirdischen ausgerottet worden. Die Außerirdischen hatten zuvor Kontakt mit der Menschheit aufgenommen, indem sie eine Alien-Frau namens Atithi vorgeschickt hatten. Diese Alien-Frau war von den Außerirdischen als ideale Menschenfrau gestaltet worden und lief nackt herum. So hatte sie keine Probleme, mit zahlreichen menschlichen Männern außerirdischen Nachwuchs zu zeugen. Ihre Nachkommen hatten sich dabei über die ganze Welt verbreitet. Ferner hatte Atithi die Menschheit mental auf ihr Ende vorbereitet, indem sie Frieden und Harmonie verbreitete. Vor allem sprach sie von der universellen Liebe. Auf diese Weise wurden die Waffen der Menschen überflüssig und mit der Zeit verschrottet. Das war Atithis Aufgabe gewesen und sie hatte sie effektiv erfüllt.

Danach ging alles sehr schnell. Die Menschen hatten ihre eigene Vernichtung nicht kommen sehen und konnten sie nicht aufhalten. Die Erde war erobert worden. Es gab nur einen Mann, der einen Ausweg fand. Er hieß Martin Moorung und arbeitete seinerzeit bei der NASA.

Martin galt als Einzelgänger. Schon als Kind kürzte er Erklärungsversuche seiner Eltern ab, indem er lallte: „… will alleine …", was bedeutete, dass er seine Erfahrungen selbst machen wollte. So entwickelte er eine ausgeprägte Selbstständigkeit.

Das hatte ihn nicht daran gehindert, beruflich aufzusteigen. Im Gegenteil, er löste alle Probleme im Alleingang und wurde immer gern gefragt, wenn es schwierig wurde. Am Ende bekleidete er den Posten eines Abteilungsleiters bei der NASA. Seine Abteilung beschäftigte sich mit der Entwicklung von Mehrgenerationenraumschiffen. Nicht zuletzt durch Martins zurückhaltenden Charakter gelang es, die Forschungen streng geheim zu halten. Die Aliens konnten, als sie die Menschheit unterwanderten, nichts davon mitbekommen. Parallel zu den Arbeiten an den Raumschiffen waren auch einige Teams von möglichen Besatzungen ausgebildet worden. Das alles war geschehen, bevor die Aliens aggressiv wurden.

Als die Aliens schließlich die Erde eroberten, hatten die Menschen einen Prototypen solch eines Raumschiffs startklar machen und besetzen können. Es war im Orbit konstruiert worden und befand sich daher in Startbereitschaft. Er brauchte nur noch loszufliegen. Martin selbst und seine Frau gehörten nicht zur Crew, aber ihr Sohn, der seinen Platz im Raumschiff eingenommen hatte, als es startete.

Martin und seine Frau fanden ihren Tod wie alle anderen Menschen. Sie gehörten zu denen, die sich dem offenen Kampf stellten, ohne eine Chance zu haben. Aber je mehr die Aliens mit den Kämpfern der

Erde beschäftigt waren, desto unwahrscheinlicher wurde es, dass sie das Raumschiff entdeckten.

Das riesige Raumschiff sollte so viel Menschen wie möglich evakuieren. Diese Arche der Menschheit sollte sich auf den Weg zu Atithis Heimatplaneten, Proxima Centauri b, machen. Jener Exoplanet stellte den einzigen von der Menschheit in absehbarer Zeit erreichbaren bewohnbaren Planeten dar. Die Flucht dorthin konnte als die letzte Hoffnung der Menschheit angesehen werden.

Hatte es überhaupt Sinn, den Planeten anzusteuern, von dem die Vernichter der Menschheit stammten? Bedeutete das nicht vielmehr den sicheren Untergang? Man handelte nach dem Motto: Fortes fortuna adiuvat. Das Glück ist den Tapferen hold. Man hatte darauf gesetzt, in den hundert Jahren der Reise ein Konzept zum Umgang mit den Aliens entwickeln zu können, sei es nun kriegerischer oder friedlicher Art.

Der Antrieb des Raumschiffs sollte während des Fluges von den an Bord befindlichen Wissenschaftlern verbessert werden.

Damals beim Start ließ sich bereits absehen, dass auf diese Weise nach hundert Jahren der Zielplanet erreicht werden könnte. Mit Hilfe eines Fusionsantriebes war man der Sache näher gekommen. Die künstliche Schwerkraft an Bord wurde durch die Beschleunigung erzeugt. Umgekehrt drehte man das Raumschiff bei der Abbremsung um und erzeugte dadurch auch wieder Schwerkraft.

Die hundert Jahre waren nun tatsächlich vergangen und man näherte sich dem Ziel. Wie zu erwarten waren sie vom Frühwarnsystem des feindlichen Planeten bereits entdeckt worden. Eine erste Kontaktaufnahme war erfolgt.

Die Ankunft

Die Zentauren, wie die Bewohner von Proxima Centauri b von den Menschen genannt wurden, hatten die Ankömmlinge der Erde zugeordnet und sich in Verteidigungsbereitschaft versetzt. Sie schickten ein Unterhändlerschiff zum Raumschiff der Menschen. An Bord befand sich eine Manifestation von Atithi. Sie war ein neues Exemplar. Atithi gab es ja bei der Eroberung der Erde unzählige Male. Jede ihrer Manifestationen besaß eine eigene Psyche, die jedoch mit den anderen vernetzt war. So konnte auch jetzt wieder eine Kopie geschaffen werden, die eine absolut vollwertige Person mit allen Erinnerungen Atithis darstellte.

Die Menschen ließen sie an Bord. Es gab also eine neue Begegnung der Menschheit mit der nackten Alien-Frau. Arthur, der Kapitän des Raumschiffs, sprach mit ihr. Unvorbereitet war er nicht. Die Menschen hatten die Siliziumverbindungen analysiert, die Atithi beim Küssen übertrug und die ihre Opfer für die telepathische Beeinflussung öffnete. In den hundert Jahren des Fluges hatten sie ein Gegenmittel entwickelt, das es ihnen erlaubte, ihrerseits Einfluss auf Atithis Geist zu nehmen.

Wie sie es vor hundert Jahren oft praktiziert hatte, ging die nackte Alien-Frau auf den Kapitän zu und küsste ihn.

Die Mannschaft, die daneben stand, beobachtete die Szene und tuschelte. Tom, ein Ingenieur meinte zu Marvin, einem nebenstehenden Wissenschaftler:

„Wow, mit der würde ich gern mal eine Nummer schieben."

So etwas! Hatte der Kerl die Schauerschichten darüber vergessen, wie schmerzhaft der Sex mit Atithi gewesen sein sollte? Marvin runzelte spöttisch seine Stirn und entgegnete:

„Typisch einer vom Unterdeck!"

Das galt in Marvins Augen als Zurechtweisung. Der Zurechtgewiesene warf ihm einen belustigten Blick zu und antwortete:

„Ach ja, ihr vom Oberdeck haltet ja nichts von Sex."

Marvin entgegnete:

„Jedenfalls mögen wir keinen Sex mit Schmerzen."

So ging es weiter. Die Bewohner des Oberdecks sahen gern mit Verachtung auf die Bewohner des Unterdecks hinab und hielten diese für geistig minderbemittelt. Das war natürlich völliger Quatsch, aber das Vorurteil hatte sich im Verlauf des vergangenen Jahrhunderts so entwickelt. Manche Dinge ändern sich eben nie: Solange es Menschen gibt, werden die einen auf die anderen herabsehen und werden dafür von jenen anderen für hochnäsig gehalten werden. So schlimm war es bei Marvin und Tom jedoch nicht. Sie konnten sich eigentlich ganz gut leiden, betrachteten sich unausgesprochen sogar als so etwas wie Freunde, frotzelten sich nur ab und zu ein bisschen wegen ihrer unterschiedlichen Herkunft.

Arthur ließ es geschehen, dass Atithi ihn küsste, natürlich nur, um zu sehen, ob das Gegenmittel funktionierte. Seine Frau Milva wusste zwar, das der Kuss nichts zu bedeuten hatte, konnte jedoch ihre Eifersucht nicht beherrschen:

„Küssen Sie gefälligst nicht meinen Mann!", schimpfte sie.

Arthur beruhigte sie:

„Das ist nun einmal das Zeremoniell der Kontaktaufnahme zwischen unseren Spezies. Es dient der Vorbereitung der Telepathie. Du wirst sehen: Es funktioniert."

In der Tat funktionierte es. Arthur konnte Atithi und den mit ihr vernetzten Zentauren per Gedanken mitteilen, dass sie Zuflucht auf ihrem Planeten suchen wollten. Umgekehrt konnte jedoch Atithi auch in seinen Gedanken lesen, dass der Plan der Menschen darin bestand, bei Annäherung an den Planeten in die Landungsmodule umzusteigen und das Raumschiff als Wasserstoffbombe auf den Planeten krachen zu lassen. Dann, wenn die Bevölkerung des Planeten vernichtet wäre, würden die Menschen landen und ihn in Besitz nehmen.

Atithi versuchte, empathische Regungen in Arthur zu entfachen: Wolle er wirklich einen millionenfachen Mord begehen?

Arthur konterte, dass die Zentauren ja auch die Menschheit vernichtet hätten.

Nunmehr ließen sie die Telepathie sein und sprachen offen miteinander. Es schien, als einigten sie sich, dass die Menschen ein Reservat auf dem Planeten zur Verfügung gestellt bekommen würden, wenn sie sich friedlich verhalten würden. Allerdings läge die Kontrolle über das Reservat bei den Zentauren.

Milva wandte ein:

„Dann leben wir Menschen ja wie in einem Zoo! Womöglich studieren sie uns auch noch!"

Atithi entgegnete:

„Das brauchen wir nicht mehr zu tun. Das haben wir schon vor der Invasion der Erde getan. Und was wir daraus über euch gelernt haben, bestätigt nur, dass für euch

die Unterbringung in einem Zoo das Beste
wäre. Ihr würdet euch sonst früher oder
später selbst vernichten und euren Planeten gleich mit."

„Zunächst einmal werden wir euch vernichten", fauchte Milva.

„Da erwartet nicht zu viel. Wir können
euer Rauschiff rechtzeitig abschießen", pa-
rierte Atithi lächelnd.

„Wir haben in der Zwischenzeit Ener-
gieschilde entwickelt", beharrte Milva.

„Sie werden unseren Waffen nicht
standhalten", konterte Atithi.

So stritten sich die beiden Frauen. Es
hörte sich fast an, als wäre Milva ein wenig
eifersüchtig auf Atithi. Man kann es verstehen. Atithis Nacktheit musste auf Milva
provozierend wirken.

Da hatte Arthur eine weitere Idee, um
Atithi auf seine Linie zu bringen. Er wusste, dass die Zentauren stark auf Musik zur
Beeinflussung der Psyche setzten. Damals,
bei ihrem Besuch auf der Erde, hatten die

von ihr beeinflussten Menschen gemeinsam gesungen. Daraus schloss er, dass auch die Zentauren selbst womöglich durch Musik zu beeinflussen wären. Er bat Milva;

„Sing doch bitte etwas für uns!"

Milva, die in Gesang ausgebildet war, ließ sich nicht lang bitten und intonierte ein paar Zeilen aus Wagners Tristan und Isolde:

„Von der Heimat scheidend
Kalt und stumm,
bleich und schweigend
auf der Fahrt;
ohne Nahrung, ohne Schlaf;
starr und elend,
wild verstört:
Wie ertrug ich, so dich sehend,
nichts dir mehr zu sein,
fremd vor dir zu stehn?"

Während der Gesang den Raum erfüllte, schien Atithi in Trance zu verfallen. Ihre Gesichtszüge – eben noch verhärtet – erweichten sich und lächelnd sprach sie:

„Es gibt noch eine andere Möglichkeit. Wir haben in der Zwischenzeit viele Ebenen unseres Multiversums erkundet. Darunter gibt es einige Paralleluniversen, in denen unsere Evolution scheiterte. In diesen Paralleluniversen könntet ihr unseren Planeten unbewohnt vorfinden und besiedeln."

„Das wäre eine Lösung", stimmte Arthur zu.

Sie wollten die gesamte Mannschaft des Raumschiffes darüber beraten lassen. Das würde seine Zeit dauern. Im Lauf der hundert Jahre hatten die Menschen gelernt, sich Zeit für ihre Entscheidungen zu nehmen.

Zunächst einmal gab es eine Mahlzeit. Das Essen an Bord hatte sich im Lauf der Zeit aus der Astronautennahrung des 20. und 21. Jahrhunderts entwickelt: ein unansehnlicher Brei, der trotzdem einen gewissen Geschmack bot. Gegessen wurde von Tellern mit Löffeln, wozu man sich in großen Gruppen versammelte. Es sollte ein Gemeinschaftserlebnis sein.

Marvin und Tom saßen sich diesmal gegenüber. Tom schnüffelte mit der Nase dicht über dem Brei und meinte:

„Das riecht heute aber merkwürdig. Riech doch auch mal!"

Marvin hielt sein Gesicht dicht über den Teller, um daran zu riechen. In diesem Augenblick drückte Tom Marvins Kopf nach unten und tunkte ihn in die Pampe.

„Iiih, was soll das?", schrie Marvin erschrocken.

„Tut mir leid", grinste Tom. „Wir vom Unterdeck haben so gar keine Manieren. Trotzdem sauen wir uns nicht so ein wie du jetzt gerade."

Es hätte nicht viel gefehlt, dass Marvin handgreiflich geworden wäre, aber er konnte einen Spaß wegstecken.

„Na warte, das bekommst du zurück", drohte er nur.

Natürlich sprachen sie auch über den Sprung zwischen den Universen. Die allgemeine Meinung dazu ging in die Richtung, dass man es probieren sollte.

Der Sprung in ein anderes Universum, also auf eine andere Ebene des Multiversums, konnte von den Menschen nicht bewältigt werden, aber die Zentauren hatten Erfahrung damit und halfen ihnen. Atithi würde sie begleiten und sie beraten, wenn unvorhergesehene Ereignisse auftreten sollten.

Der Sprung gelang. Nun fanden sie also einen bewohnbaren Planeten ohne Bewohner vor und landeten. Es ließ sich vielversprechend an. Die Luft ließ sich gut atmen, Wasser war reichlich vorhanden, der Boden schien vielerorts fruchtbar, Vegetation und Tiere gab es in Hülle und Fülle. Ideal zur Besiedlung. Warum hatte sich kein intelligentes Leben entwickelt?

Auf ihren Erkundungsausflügen hatten die Menschen dann doch Spuren ehemaliger Zivilisationen gefunden, die aus irgendeinem Grund ausgestorben waren.

Arthur hatte eine Theorie, die er dem Planungsstab der Crew mitteilte:

„Was, wenn der Planet sich von intelligentem Leben bedroht gefühlt und es bekämpft hatte? Es könnte eine spontane Reaktion gewesen sein, die nicht ganz unbegründet gewesen wäre, wie wir von der Erde wissen."

Milva wandte ein:

„Aber wir sind bisher keiner Feindseligkeit begegnet."

Einer der Wissenschaftler, Karl, erklärte:

„Das würde dauern. Es müsste sich erst eine Wechselwirkung herausbilden, durch die der Planet gegebenenfalls unsere Feindseligkeit erkennen und andererseits unsere Verletzbarkeit analysieren kann. Wir sprechen hier von Jahrhunderten, wenn nicht Jahrtausenden."

Eine andere Wissenschaftlerin, Judith, gab zu bedenken:

„Das beträfe unsere Nachkommen. Wir müssen auf jeden Fall darauf achten, den Planeten zu schützen."

Arthur schlug vor:

„Vielleicht sollten wir Atithi einbinden. Ihre Zivilisation hat schon vor langer Zeit Kontakt mit dem Universum aufgenommen. Wenn sie uns helfen würde, könnten wir Kontakt zum Planeten aufnehmen."

Sie fragten Atithi und diese willigte ein. Für sie stellte es kein Problem dar, Kontakt zum Planeten aufzunehmen.

Atithi war bisher an Bord des Raumschiffes geblieben. Nun stieg sie aus und betrat den Planeten. Als erstes legte sie sich platt auf den Boden, alle Viere von sich gestreckt, Gesicht nach unten. Man kennt das vom früheren Papst Johannes Paul II. So blieb Atithi liegen. Nach einer Weile begann der Boden zu vibrieren und Atithi geriet in sanfte Schwingungen.

Vorsichtig näherte sich die restliche Besatzung und umringte Atithi weiträumig. Die Menschen wurden von Atithi mit einbezogen und spürten auch die Schwingungen. Der Kontakt mit dem Planeten war hergestellt.

Marvin polterte los:

„Das ist doch nur Hokuspokus! Lasst uns lieber sehen was hier zu holen ist!"

Damit zog er los, den Planeten zu erkunden. Ungefähr die Hälfte der Mannschaft folgte ihm.

Das ist nicht direkt mit einer Meuterei vergleichbar. Die Wichtigkeit von Hierarchien hatte sich in den hundert Jahren der Reise zurückgebildet. Man formte Gruppen und diskutierte offene Fragen aus. Praktisch nie wurde etwas von oben nach unten entschieden. So ließen die Zurückbleibenden die Scheidenden ohne Groll ziehen.

Die andere Hälfte blieb bei Arthur und versuchte, zunächst den Planeten günstig zu stimmen. Sie suchten ein Gebiet, in dem ihre Siedlung nicht stören würde und versuchten, von dem zu leben, was der Planet an Früchten bot.

Der andere Trupp um Marvin dagegen fackelte ganze Wälder ab, um Platz für seine Siedlungen und Ackerbau zu gewinnen. Sie sprengten Straßen in die Berge und griffen auf die veraltete, aber bequeme Energieversorgung durch fossile Brennstoffe zurück. Die Abgase bliesen sie in die Atmosphäre. Insgesamt wirkten sie destruktiv auf ihre Umgebung, achteten nur auf ihren kurzfristigen Vorteil.

Die Bodenschätze wurden ausgebeutet. Es gab sogar Edelmetalle und Diamanten. Hier hatten die Menschen noch Glück, vom Fluch des Goldes verschont zu bleiben. An Bord des Raumschiffes gab es so etwas wie die Anhäufung von Reichtümern nicht. Das Besitzstreben war ausgestorben. Die Edelmetalle wurden nur in Bezug auf ihre Nützlichkeit bewertet, feinmechanische Teile herzustellen, die Diamanten wurden wegen ihrer Härte eingesetzt. Obwohl es sich nicht um eine Gier nach diesen Rohstoffen handelte, wurde doch der Boden nach ihnen durchwühlt.

Aber siehe da: Der Planet wehrte sich dagegen. Ein Erdbeben zerstörte das Kraftwerk der Menschen. Die Tiere, die diese rücksichtslosen Menschen zu domestizieren versuchten, brüteten Viren aus, die auf die Menschen übersprangen. Weitere Erdbeben, Vulkanausbrüche, Überflutungen und Stürme verwüsteten die Siedlungen der unerwünschten Eindringlinge.

Diese Schwierigkeiten hatte die Gruppe um Arthur nicht. Sie verehrten den Planeten, führten sogar eine Art Kult für ihn ein. Nicht, dass sie ihn angebetet hätten, aber sie veranstalteten kleine Feiern zu seinen Ehren. Im Gegensatz zu Marvins Gruppe blieben sie von Naturkatastrophen verschont. Da die beiden Gruppen Kontakt miteinander hielten, tauschten sie sich auch über die Missgeschicke des einen Teils der Menschen aus. Arthur gab zu bedenken, dass auch Marvins Gruppe mehr Rücksicht auf den Planeten nehmen müsse. Marvin sah das zunächst nicht ein. Es änderte sich erst, als Arthur Atithi bat, Einfluss auf Marvin und seine Gruppe zu nehmen. Sie tat es.

Man arrangierte ein Treffen. Atithi trat sie an die Umstehenden heran und küsste sie, als erstes Marvin und Tom.

Alle diese Leute waren gegen die Wirkung eines solchen Kusses geimpft worden. So wurden sie nicht willenlose Opfer einer Beeinflussung, sondern Partner in einem wortlosen Gedankenaustausch. Sie sahen nun durch Atithi die Macht des Planeten, erkannten, dass ihre Gruppe keine Chance hatte, wenn sie weiter Raubbau am Planeten betrieb. Am Beispiel Arthurs und seiner Leute konnten sie lernen, wie man in Frieden mit dem Planeten leben konnte. So machten sie alle gemeinsam mit dem Konzept der universellen Liebe Bekanntschaft, das Atithi vor langer Zeit den Menschen schon einmal geschenkt hatte.

Sie waren jetzt alle auf gleicher Wellenlänge mit dem Planeten. Atithi legte sich wieder auf den Boden und sie begannen alle gleichzeitig zu schwingen. Das besiegelte es. Sie würden ab jetzt den Planeten verehren.

Atithi und Tom

Wie sich zeigte, hatte Atithis Kuss bei Tom noch mehr ausgelöst als ein Verständnis für den Planeten. Er war immer noch von ihrer Erscheinung bezaubert und hatte sich durch das Eintauchen in ihren Geist restlos verliebt. Die von ihr propagierte universelle Liebe beeindruckte ihn, auch wenn sie sich seinerzeit auf der Erde als nicht wirklich aufrichtig herausgestellt hatte. Aber das war damals eine andere Situation als jetzt.

Eine so schöne Frau durfte doch nicht tabu sein! Er wollte sie enträtseln. Irgendeinen Weg musste es doch geben, ihre Geheimnisse zu ergründen! Er musste seine Chance abwarten.

Beim Kapitänsdinner, das sie in regelmäßigen Abständen durchführten und als Tanzveranstaltung ausgebaut hatten, bot sich die langerwartete Gelegenheit. Tom forderte Atithi zum Tanz auf, führte sie nach dem Tanz ein wenig beiseite und fragte:

„Kannst du eigentlich nur universell oder auch individuell lieben?"

Er bekam zur Antwort:

„Im Grunde sind wir nicht für die individuelle Liebe geschaffen. Es gibt mich vielfach. Normalerweise bin ich mit meinesgleichen und unserer Gesellschaft vernetzt. Wir handeln kollektiv, lieben das Universum, individuelle Interessen gibt es nicht. Ich bin jedoch mit euch in ein anderes Universum gewechselt und daher nicht mehr mit meinem Kollektiv verbunden. Somit werde ich wohl individuelle Züge entwickeln müssen. Ob die Liebe dazu gehört, weiß ich noch nicht."

Damit hatte Tom einiges erfahren, was ihm Mut machte. Er schoss nach:

„Könntest du dir vorstellen, mich zu lieben?"

Atithi lächelte:

„Du bist im Grunde ein guter Mensch. Wie alle deiner Art machst du Fehler, bist aber bereit, dich zu korrigieren. Ich habe mich so lange mit euch beschäftigt, dass ich mich in eure Gefühle hineinversetzen kann. Der Mechanismus der Liebe, wie ihr sie kennt, wird durch biologische Vorgänge in Gang gesetzt, über die ich nicht verfüge. Die Liebe geht jedoch mit der Zeit in eine enge Verbundenheit über, die ich nachvollziehen kann. Der Begriff der zuverlässigen Partnerschaft ist mir nicht fremd. Wir Zentauren sind uns alle partnerschaftlich verbunden. Eine Eins-zu-eins-Beziehung zu einem Menschen wäre für mich etwas völlig Neues, aber es könnte interessant werden. Ja, ich könnte mir vorstellen, solch eine Beziehung zu dir herzustellen.“

Tom schwebte auf Wolke sieben und wollte seine Vermutung absichern:

„Ich würde mich freuen, wenn wir das wagen würden. Ich wäre bereit, alles zu tun, was dafür notwendig ist. Was meinst du?“

„Zunächst sollten wir uns erst einmal einander näherkommen“, antwortete Atithi und küsste ihn. Wieder durchflossen ihn ihre Gedanken, aber persönlicher als beim ersten Mal. Noch hatte er seinen Schutzpanzer nicht abgelegt, der seine Gedanken vor ihr abschirmte. Ihr Geist lockte ihn, sich zu öffnen und er tat es genussvoll. Kaum hatte er das getan, vereinigten sich ihre beiden Persönlichkeiten zu einem gemeinsamen Empfinden. Sie ließen sich beide geistig fallen und fingen sich beide auf. Ein totales gegenseitiges Vertrauen erfüllte sie. Eine merkwürdig abstrakte Zärtlichkeit kam hinzu, das bittersüße Gefühl, sich gegenseitig erkunden zu wollen und das nie abschließen zu können.

Ihn faszinierte ihre Sicht auf das Universum. Noch nie hatte er sich derartige Einblicke auch nur vorstellen können. Sie andererseits lernte zu verstehen, was es mit der Individualität auf sich hatte, wie ein Mensch es mit sich selbst allein aushalten konnte.

Sie merkten, dass sie sehr lange brauchen würden, sich genauer kennenzulernen, und sie hofften, diese Zeit miteinander zu haben.

Langsam lösten sie sich wieder aus ihrem Kuss und sahen sich in die Augen. Tatsächlich sahen sie so etwas wie Liebe in ihren Augen glühen. Tom konnte es kaum glauben. Glücklich stieß er hervor:

„Ich liebe dich!"

Vorsichtig entgegnete Atithi:

„Ich glaube, auch ich empfinde etwas Ähnliches für dich."

„Können wir uns jetzt als Paar bezeichnen?", wollte Tom es genauer wissen.

Atithi meinte:

„Das ist eine Definitionsfrage. Im Allgemeinen wird dieser Zustand bei den Menschen mit dem regelmäßigen Vollzug des Koitus verbunden. Wie du weißt, wäre das für dich im Augenblick sehr schmerzhaft und die Folgen wären auch nicht erwünscht. Ich würde mich vervielfältigen.

Es gibt aber die Möglichkeit einer körperlichen Operation, die die entsprechenden Organe meiner spezifischen Fortpflanzung beseitigt. Dann hätte ich noch die äußeren Geschlechtsorgane, ohne mich fortpflanzen zu können und wir könnten als Mann und Frau zusammen sein."

Darauf wollte Tom wissen:

„Das wäre himmlisch mit einem Wermutstropfen. Ich nehme mal an, dass wir demnach auch keine Kinder bekommen könnten."

„Nein, jedenfalls nicht auf konventionelle Weise. Ich bin ja nur eine Simulation eines Menschen. Immerhin ist mein Körper in weiten Teilen DNA-basiert. Deine und meine DNA haben wir also. Aber ich verfüge über keine Eizellen. Es war nicht vorgesehen, dass ich sie brauchen würde. Wir könnten höchstens fremde Eizellen mit unserem Erbgut klonen."

Tom gab sich zufrieden:

„Das ist besser als nichts. Der Entstehungsprozess spielt doch keine Rolle. Es wären unsere Kinder. Mit ein bisschen gutem Willen wären wir eine richtige Familie."

So sah der Plan aus. Sie setzten ihn in die Tat um. Die Operation verlief problemlos, obwohl sie alles andere als standardmäßig war.

Da Tom und Atithi nunmehr fest zusammen waren, meinte Marvin:

„Gratuliere! Die größten Esel bekommen doch immer die schönsten Frauen."

Tom konterte:

„Das kann so nicht ganz stimmen. Dann müsstest du ja eine noch schönere Frau bekommen als ich, was unmöglich ist."

Marvin gab sich nicht geschlagen und erwiderte:

„Doch, das könnte schon in Erfüllung gehen, wenn ich nur endlich an Vanessa herankäme."

Mervin himmelte Vanessa schon lange an, obwohl sie vom Unterdeck war. Das Problem war lediglich, dass er sich nicht traute, ihr seine Liebe zu gestehen. Da konnte Abhilfe geschaffen werden.

Tom und Atithi luden Marvin und Vanessa zum Essen ein. Zur Begrüßung küsste Atithi Marvin und Vanessa auf den Mund. Die waren zwar überrascht, wussten aber, dass Atithi derartiges dauernd tat. Jetzt eröffneten sie alle Viere einander ihre Gedanken per Telepathie. Es gab keine Geheimnisse mehr. Vanessa erfuhr, dass Marvin sie ehrlich liebte und Marvin spürte, dass Vanessa seine Gefühle erwiderte. So kamen auch diese beiden zusammen.

Alles war gut, oder? Konnte Tom sich wirklich auf Atithi verlassen? Für ihn hatte ihre Bindung auch etwas Sexuelles. Ihre sexuelle Anziehungskraft hatte vom ersten Moment auf ihn gewirkt. Dann kam ihre aufrichtige Gedankenwelt hinzu, die dazu führte, dass er unendliches Vertrauen zu ihr hatte. Dass diese Wesen trotzdem feindlich sein konnten, hatten sie vor hundert Jahren gezeigt. Nun allerdings hatte Atithi die Bindung an ihre Artgenossen verloren und war frei, sich neu zu binden. Warum nicht an Tom. Das hieße, sich den Men-

schen anzupassen, deren Schicksal zu teilen
sie sich ja entschlossen hatte.

Ja, sie hatte die feste Absicht, Tom eine
treue Partnerin zu sein. Sexuell klappte
inzwischen auch alles zu Toms völliger
Zufriedenheit. Einen Sohn und eine Toch-
ter hatten sie durch Klonen und Genopti-
mierung bekommen und bildeten jetzt eine
(fast) normale Familie.

Die Rückkehr

In diesem Universum hatten sich die Zentauren nicht entwickeln können. Folglich hatten sie auch die Erde nicht erobern können. Das bedeutete aber: Wenn sie dorthin zurückkehren würden, sollten sie die Erde ohne Zentauren vorfinden. Allerdings wäre auch die Geschichte der Erde eine andere. Selbst wenn die Geschichte bis zur Invasion der Zentauren gleich wäre: Es gäbe kein Wissen über den Exodus der Menschen. Sie würden wahrscheinlich zuerst für Außerirdische gehalten werden. Natürlich würden sie alles erklären können.

Ihr Raumschiff war noch intakt und sie befragten alle Siedler, wer von ihnen zur Erde zurückkehren wollte. Die Entscheidung gestaltete sich gar nicht so einfach. Hier hatte sich alles soweit eingespielt, es lockte ein problemloses Leben. Von der Erde in diesem Universum umgekehrt wussten sie nichts. Sie hätte eine ganz andere Entwicklung nehmen können als in ihrem ursprünglichen Universum. Die Menschen, wenn es sie denn in diesem Universum überhaupt gab, hätten die Erde in einem Atomkrieg unbewohnbar gemacht haben können. Die Unwägbarkeiten waren groß. Dafür haftete der guten alten Erde ein Hauch von Heimat an. Eine schwierige Entscheidung. Ungefähr die Hälfte der Siedler entschied sich für die Reise.

Sie würden mit den Zurückgebliebenen in Kontakt bleiben. Von der Erde würde zwar ein Signal 4,3 Jahre zurück brauchen, aber sie wüssten immerhin, wie die Expedition ausgegangen war und konnten weitere Entscheidungen treffen.

Nun brachen also die Mutigen mit dem Mehrgenerationenraumschiff, das sie hergebracht hatte, auf. Die Rückreise würde wieder ungefähr hundert Jahre dauern.

So war es. Die Nachkommen der Siedler auf Proxima Centauri b erhielten schließlich Nachricht von der Ankunft der Pioniere bei der Erde. Sie waren nicht freundlich empfangen worden, sondern als Außerirdische abgewehrt worden. Während der

Auseinandersetzungen hatten sie einiges über das Schicksal der Erde in diesem Universum gelernt.

Die Geschichte war anders verlaufen als in dem uns bekannten Universum. Der Meteorit, der seinerzeit zum Aussterben der Saurier geführt hatte, hatte in diesem Universum die Erde verfehlt. Die Saurier hatten überlebt und die Säugetiere hatten keine ökologische Nische für ihren Aufstieg vorgefunden. Folglich gab es nur wenige kleine Säugetiere und keine Menschen auf der Erde. Stattdessen hatten die Raptoren ihre Intelligenz weiterentwickelt und schließlich die Erde beherrscht.

Mit ihnen hatten die Menschen es jetzt zu tun. Man konnte es kaum glauben, aber die Raptoren waren noch aggressiver als die Menschen. Sie griffen sofort an. Auch sie verfügten über Raumschiffe und wirksame Waffen. Landungsversuche der Menschen endeten in einem Desaster und die Menschen mussten geschlagen den Rückzug antreten.

Damit war es jedoch noch nicht ausgestanden. Die Raptoren verfolgten sie. Sie hatten einige Menschen gefressen und waren auf den Geschmack gekommen. Diese Leckerbissen wollten sie sich holen.

Es wurde noch schlimmer. Die Raptoren orteten das Signal, mittels dessen das Raumschiff der Menschen mit Proxima Centauri b kommunizierte. Sie kannten jetzt das Refugium der Menschen und machten sich auf den Weg, sie dort aufzuspüren. Es würde ebenfalls hundert Jahre dauern, bis sie da waren, aber was sind schon hundert Jahre, um sich auf einen solchen Angriff vorzubereiten?

Immerhin wussten die Menschen um die Gefahr. Sie mussten sich verteidigen, wenn sie nicht als Frischfleisch für die Raptoren enden wollten.

Der Angriff

Zweihundert Jahre waren seit dem Aufbruch der Pioniere Richtung Erde vergangen. Inzwischen hatten sich die Menschen auf Proxima Centauri b explosionsartig vermehrt und hatten seit der Erkenntnis der Bedrohung durch die Raptoren in großem Maßstab aufgerüstet.

John203 hatte das Kommando über die Streitkräfte inne und bereitete die Verteidigung vor.

Sie würden den Raptoren eine Falle stellen. In der Phase ihres Fluges, wo sie abbremsen mussten, würden sie am verwundbarsten sein. Da wollten die Menschen angreifen. Sie kannten die optimale Flugbahn von der Erde zu Proxima Centauri b und konnten den Angriffspunkt abschätzen. Früh begannen sie, die Umgebung zu scannen, um die Raptoren rechtzeitig zu entdecken, falls diese schneller unterwegs sein sollten als die Menschen.

Sie hielten immer eine Eingreiftruppe hinter dem Mond versteckt, weitere Einheiten würden vom Planeten starten, sobald es soweit war.

Tatsächlich waren die Raptorenschiffe schneller als das menschengemachte Raumschiff. Die Verteidiger hatten sich gut vorbereitet und bereiteten den Aggressoren einen heißen Empfang. Mitten in der Schlacht tauchte das heimkehrende Raumschiff der Menschen hinter den Raptoren auf. Die Menschen hatten die nicht sehr zahlreichen Verfolger eliminieren können. Die Raptoren hatten davon nichts erfahren und rechneten daher nicht mit einem weiteren Angriff von hinten. Das Überraschungsmoment gab den Ausschlag und die Menschen gewannen die Schlacht.

Völlig vernichtet hatten sie sie Raptoren indes noch nicht. Einigen ihrer Kleintransporter war die Landung auf dem Planeten gelungen und sie verwickelten die Menschen in Bodenkämpfe. Die dichte Vegetation brachte es mit sich, dass es oft zu Zweikämpfen kam, wobei die Menschen den Raptoren körperlich unterlegen waren.

Die größte Landschlacht der beiden Parteien stand nun bevor. Das unübersichtliche Gelände im Dschungel machte es allen schwer, die feindlichen Positionen auszukundschaften. Der Kommandant der menschlichen Truppen, Mike712, wollte zwei Scouts ausschicken, um das Terrain zu sichern. Er sagte:

„Lucy331 und Charlie445, ihr meldet euch doch freiwillig, oder?"

Die beiden nickten wortlos und zogen los. Sie bemerken die Raptoren, bevor diese sie bemerkt hatten. Das konnte man sich erklären. Die Raptoren trugen schwere Raumanzüge, die sie stark einschränkten. Der Planet hatte dafür gesorgt, dass sie Raumanzüge brauchten. Zum einen hatte er die Luftzusammensetzung so verändert, dass die Menschen sie gut vertrugen, Reptilien aber nicht. Zum zweiten hatte er die mittlere Temperatur gesenkt, so dass die Raptoren, die sich in diesem Universum als wechselwarme Reptilien entwickelt hatten, unbeweglich wurden, wenn sie keine Schutzanzüge trugen. Kein Zweifel: Der Planet unterstützte die Menschen. Sie hatten so gut in den vergangenen hundert Jahren mit ihm harmoniert, dass sich eine Symbiose entwickelt hatte. Der Planet schützte sie.

Die Raptoren, die sie entdeckt hatten, waren nur Kundschafter, drei an der Zahl. Mit denen würden sie fertig werden. Charlie 445 stieß kampfbereit mit entsicherter Waffe geradeaus vor, während Luke331 nach links ausscherte und dort vorrückte. Sie kannten die Kampfweise der Raptoren. Wenn Charlie445 sie konfrontierte, würde einer von ihnen versuchen, auf seine Seite zu gelangen. An dieser Stelle hatten sie nur auf der linken Seite Deckung; also würde der Heckenschütze es dort versuchen. Lucy331 würde sich dann in seinem Rücken befinden und freies Schussfeld haben. Das würde das Schicksal des betreffenden Raptoren besiegeln.

Sie waren nicht nur ein gutes Team, sondern sogar ein Liebespaar und konnten sich blind aufeinander verlassen. Charlie445 als der reaktionsschnellere übernahm den geraden Vorstoß, Lucy331 als die geschicktere die Schleichumgehung.

Die drei Raptoren hatten immer noch nichts bemerkt. Sobald Lucy331 abgebogen war, schoss Charlie445 auf den mittleren und traf. Dann ging er sofort in Deckung. Gerade noch rechtzeitig; denn der rechte feuerte zurück, während der linke seitwärts verschwand. Genauso hatten sie es erwartet. Charlie445 lieferte sich ein Feuergefecht mit dem verbliebenen Raptor, während der abgebogene Raptor Lucy331 vors Visier lief. Sie hatte leichtes Spiel. Im Feuergefecht des verbliebenen Raptors mit Charlie445 fing sich letzterer einen Treffer ein – sein rechter Arm wurde zerfetzt. Fast schien er schon geschlagen, er konnte jetzt nur noch mit der linken Hand mittels eines kleinen einhändig zu bedienenden Blasters feuern. Nun konnte Lucy331, die ja immer noch seitlich positioniert war, den verbliebenen Raptor von der Seite angreifen und erledigte ihn.

Damit war der Stoßtrupp ausgeschaltet und die beiden kehrten zu ihrer Einheit zurück, um sie zu warnen. Charlie445 wurde verarztet, der Arm amputiert und der Stumpf verbunden.

Die Hauptstreitmacht des Feindes stand nur ein paar Kilometer vor ihnen. Ihre Einheit machte sich kampfbereit. Da rumpelte die Erde. Ein Stück vor ihnen öffnete sich eine riesige Spalte im Boden und verschluckte die Raptoren.

Wieder hatte der Planet ihnen geholfen.

Charlie445 wurde von Lucy331 getröstet. Der Verlust seines rechten Armes wurmte ihn, aber er hatte seinen Humor nicht verloren und schäkerte mit ihr:

„So ein Mist! Und ich hatte so gehofft, eines Tages an meiner rechten Hand einen Ehering tragen zu können."

Lucy331 antwortete:

„Dann trägst du ihn eben an der linken Hand. Das macht doch nichts."

Das wollte Charlie445 jetzt genauer wissen:

„Du meinst, dich würde es nicht stören?"

„Nein, wenn wir denn nur irgendwann mal heiraten würden!"

Somit war auch das geklärt und sie beschlossen zu heiraten, sobald der Angriff der Raptoren abgewendet wäre.

Im Verlauf der Zeit gelang es den Menschen, die gelandeten Raptoren gänzlich zu vernichten. Ein paar hatten sie gefangen genommen und wollten sie verhören. Man versuchte es mit Übersetzungsprogrammen und hatte schließlich den Erfolg, dass man sich verständigen konnte. Allerdings bekam man keine nützlichen Information aus ihnen heraus. Da rief man Atithi zu Hilfe.

Ja, Atithi lebte noch. Sie hatte eine Lebenserwartung von mehreren hundert Jahren nach menschlicher Zeitrechnung und sie alterte nicht. Ästhetische Gründe für sie, sich zu bekleiden, gab es daher nicht. Sie hatte es dennoch getan, seit sie mit Tom verheiratet war – aus Rücksicht auf die Gepflogenheiten der Menschen, denen sie sich nun zugehörig fühlte. Sie hatte Tom und ihre Kinder längst überlebt. Einige ganz entfernte Nachkommen von ihr und Tom lebten noch und hielten Kontakt zu ihr. Sie konnte Geschichten aus einer Vergangenheit erzählen, die viele nicht mehr kannten.

Von Atithi erhoffte man sich, dass sie auf telepathischem Weg in die Gedanken der Raptoren eindringen könnte. Sie versuchte es. Die Bösartigkeit, die ihr dabei entgegenschlug, ließ sie jedoch zurückzucken und zusammenbrechen. Darauf war sie nicht vorbereitet und das war auch mehr, als sie verkraften konnte. Also musste man anders vorgehen. Man untersuchte die Log-Dateien der Raptorenschiffe und erfuhr schließlich, dass die Raptoren planten, Proxima Centauri b zu kolonialisieren.

Das bedeutete, es würden mehr von ihnen kommen. Die Menschen bereiteten sich darauf vor. Insbesondere entwickelten sie ein System von Sensoren im interplanetaren Raum, das bei Annäherung eines feindlichen Raumschiffes ein Vernichtungsprogramm einleitete. Tatsächlich gelang es ihnen, einige nachkommende Raptorenschiffe schon im Vorfeld abzufangen und zu zerstören. Die restlichen flohen.

Das war es dann erst einmal gewesen mit den Raptoren.

Lucy331 und Charlie445 heirateten.

Die Menschen blieben weiterhin wachsam, erhielten aber nie wieder Besuch von den Raptoren.

Die Menschheit überlebte.